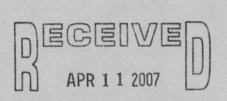

Nota para los padres y encargados:

Los libros de *Read-it!* Readers son para niños que se inician en el maravilloso camino de la lectura. Estos hermosos libros fomentan la adquisición de destrezas de lectura y el amor a los libros.

 El NIVEL MORADO presenta temas y objetos básicos con palabras de alta frecuencia y patrones de lenguaje sencillos.

 El NIVEL ROJO presenta temas conocidos con palabras comunes y oraciones de patrones repetitivos.

 El NIVEL AZUL presenta nuevas ideas con un vocabulario más amplio y una estructura gramatical más variada.

 El NIVEL AMARILLO presenta ideas más elevadas, un vocabulario extenso y una amplia variedad en la estructura de las oraciones.

 El NIVEL VERDE presenta ideas más complejas, un vocabulario más variado y estructuras del lenguaje más extensas.

 El NIVEL ANARANJADO presenta una amplia de ideas y conceptos con vocabulario más elevado y estructuras gramaticales complejas.

Al leerle un libro a su pequeño, hágalo con calma y pause a menudo para hablar acerca de las ilustraciones. Pídale que pase las páginas y que señale los dibujos y las palabras conocidas. No olvide volverle a leer los cuentos o las partes de los cuentos que más le gusten.

No hay una forma correcta o incorrecta de compartir un libro con los niños. Saque el tiempo para leer con su niña o niño y transmítale así el legado de la lectura.

Adria F. Klein, Ph.D.
Profesora emérita, California State University
San Bernardino, California

Editor: Jacqueline A. Wolfe
Page Production: Amy Bailey Muehlenhardt
Creative Director: Keith Griffin
Editorial Director: Carol Jones
Managing Editor: Catherine Neitge
The illustrations in this book were created with watercolor and colored pencil.
Translation and page production: Spanish Educational Publishing, Ltd.
Spanish project management: Jennifer Gillis/Haw River Editorial

Picture Window Books
5115 Excelsior Boulevard
Suite 232
Minneapolis, MN 55416
877-845-8392
www.picturewindowbooks.com

Printed in the United States of America.

Library of Congress Cataloging-in-Publication Data
Klein, Adria F.
[Max goes to the library. Spanish]
Max va a la biblioteca / por Adria F. Klein ; ilustrado por Mernie Gallagher-Cole ;
traducción, Clara Lozano.
p. cm. — (Read-it! readers en español)
Summary: Max, who loves to read, discovers all the services available to him during
a visit to the library.
ISBN-13: 978-1-4048-2667-0 (hardcover)
ISBN-10: 1-4048-2667-X (hardcover)
[1. Libraries—Fiction. 2. Books and reading—Fiction. 3. Hispanic Americans—
Fiction. 4. Spanish language materials.] I. Gallagher-Cole, Mernie, ill. II. Lozano,
Clara. III. Title. IV. Series.

PZ73.K546 2006
[E]—dc22
2006004200

Max

va a la biblioteca

por Adria F. Klein
ilustrado por Mernie Gallagher-Cole
Traducción: Clara Lozano

Con agradecimientos especiales a nuestras asesoras:

Adria F. Klein, Ph.D.
Profesora emérita, California State University
San Bernardino, California

Susan Kesselring, M.A.
Alfabetizadora
Rosemount-Apple Valley-Eagan (Minnesota) School District

PICTURE WINDOW BOOKS
Minneapolis, Minnesota

A Max le gusta leer libros.

Max va a la biblioteca.

Libros para todos

Saluda al bibliotecario.

El bibliotecario le da una
tarjeta de la biblioteca.

El bibliotecario le enseña
los libros para niños.

GATOS

Animales

Vacas

Cabal

11

Max escoge un libro
sobre animales.

13

Se sienta en una mesa
y lee su libro.

Cuento

A-C

Libros

Libros ilustrados

D-F

Animales

15

Max busca más libros sobre animales en la computadora.

Max saca tres libros
de la biblioteca.

Max quiere regresar a la biblioteca muy pronto.

21

A Max le gusta leer libros.

Animales

Serpientes

23

Más *Read-it!* Readers

Con ilustraciones vívidas y cuentos divertidos da gusto practicar la lectura. Busca más libros a tu nivel.

¿Buscas un título o un nivel específico? La lista completa de *Read-it!* Readers está en nuestro Web site: *www.picturewindowbooks.com*